Tomás y sus perros

ROBERT ENOCH

Editado por: Erin Oldson
Patricia Elena Meneses la Riva
Consultante Cultural: María Fitzgerald

PAGE PUBLISHING
Conneaut Lake, PA

Primera publicación original de Page Publishing 2023

ISBN 979-8-88654-719-1 (Versión Impresa)
ISBN 979-8-88654-734-4 (Versión Electrónica)

Libro impreso en Los Estados Unidos de América

Índice

1

Tomás y Sam

En una vasta llanura occidental del estado de Kansas, vivía Tomás, un niño de 12 años, en compañía de su abuelo. Ellos habitaban en un rancho pequeño. La vida en el rancho era una vida de trabajo duro y algo solitaria para el niño. Sin embargo, Tomás tenía un perro llamado Sam, que era su mejor amigo, y los dos eran inseparables. Tomás y su abuelo vivían cerca de una aldea pequeña e iban con frecuencia allí para comprar los suministros que necesitaban para ellos y sus animales. Los aldeanos conocían a Tomás y a Sam muy bien, y sabían que Sam era un perro muy amable. Tomás, el abuelo y Sam eran muy felices con sus vidas y, aunque no eran ricos, ellos se tenían el uno al otro.

La propiedad del abuelo estaba al lado de un rancho extenso, el cual pertenecía a hombre llamado Burton. Todos le decían señor Burton. Él era un hombre rico que tenía miles de vacas y caballos, además, era muy conocido en Kansas. Era un hombre difícil y arrogante, con mucho poder político.

Un día, Tomás y Sam caminaban juntos por el camino que estaba cerca de su casa. Sam corrió por una pequeña colina y llegó a la cima. Tomás lo seguía cuando escuchó un disparo y Sam cayó muerto. Alarmado, Tomás corrió gritando:

—¡Sam! ¡Sam! —En la cima, Tomás vio al señor Burton a caballo con su rifle en mano. Tomás gritó—: ¿Por qué le disparaste a mi perro? ¿Por qué?

El hombre respondió:

—Su perro traspasó el límite de mi tierra y la cima de la loma es mi propiedad. Yo le he advertido a tu abuelo que él, tú y tu perro no tienen permiso para traspasar mi propiedad. Yo tenía el derecho de fusilar a tu perro.

Llorando, Tomás recogió a su perro y lo llevó a casa para enterrarlo. En casa, Tomás le contó a su abuelo lo que pasó con lágrimas en sus ojos. Su abuelo estaba muy triste, porque él sabía que Sam era el mejor amigo del niño y él lo amaba también. Tomás le preguntó a su abuelo:

—¿Qué podemos hacerle al señor Burton para vengar la muerte de Sam? ¡Yo quiero usar tu rifle para fusilarlo!

—¡No Tomás! —respondió su abuelo—. Tú no eres un asesino, eso va contra Dios. Iremos a la aldea y hablaremos con el alguacil sobre esta situación.

En la oficina se encontraba el alguacil, ellos le contaron la historia de la muerte de Sam. El alguacil les dijo:

—Yo no puedo hacer nada porque el señor Burton es un hombre muy poderoso y Sam traspasó su propiedad. En este caso, yo creo que ustedes deben hablar con el abogado, el señor Nester, que tiene una oficina al otro lado de la calle.

Ellos fueron a la oficina del señor Nester: Él era muy amable y quería escuchar su queja. Tomás y su abuelo le contaron la historia y le pidieron su consejo.

—¿Qué podemos hacer para castigar al señor Burton?

El señor Nester pensó por algunos minutos y contestó:

—¡Lo demandaremos en la corte! Lo demandaremos por una suma de quinientos dólares por haber matado a su perro.

Satisfechos, Tomás y su abuelo regresaron a casa y esperaron el día para ir a la corte.

El señor Nester presentó la demanda en la corte y el juez emitió una citación al señor Burton para comparecer frente el tribunal en diez días. El señor Burton tendría que responder la demanda en un juicio con un jurado.

Cuando el señor Burton recibió la citación, se puso muy enojado y se fue a una ciudad más grande, cerca de la aldea. Allí contrató a un prominente abogado llamado César, que era su amigo.

El día de juicio llegó y los aldeanos llenaron las sillas en la corte y algunos estaban de pie, a lo largo de la pared. El juez comenzó el proceso y llamó a Tomás al estrado de los testigos, para que contara los acontecimientos del día en que Sam murió. Él le relató al juez la historia. Entonces, el juez llamó al señor Burton al estrado para que contará la historia de la muerte de Sam. Luego, el juez dijo:

—Las dos historias concuerdan con los hechos.

Entonces, el juez anunció a los dos abogados que podían hacer preguntas a cada parte.

Primero, el señor César preguntó al abuelo de Tomás:

—¿Te dio el señor Burton un aviso de que tú, Tomás y Sam no debían traspasar su propiedad?

—Sí, señor —respondió el abuelo—. Sin embargo, Sam no podía saber dónde estaba el límite.

El señor Nester le preguntó al señor Burton si tenía letreros o una cerca a lo largo del límite en esa área.

—No —contestó el señor Burton.

—¿Por qué le disparaste al perro?

—Porque yo tenía el derecho —respondió el señor Burton.

El señor César llamó a un testigo al estrado. Él era el veterinario del pueblo.

—Tomás quiere $500.00 dólares por su perro. ¿Cuántos dólares piensas que es el valor del perro?

El veterinario contestó:

—El perro era un mestizo, y tenía aproximadamente 10 años. Yo diría que el valor es $20.00 dólares.

El señor Nester se puso de pie y se dirigió al tribunal.

—Señoras y señores, Sam era el mejor amigo de Tomás. Él no era justo un mestizo sin valor. Para Tomás, Sam fue su amigo, socio y protector por muchos años y toda la gente sabe que ellos eran inseparables. Tomás, cuyos padres murieron de cólera hace diez años, enfocó su amor en su perro y su abuelo. Para Tomás, Sam era la mitad de su mundo, en este caso, Tomás merece quinientos dólares por su pérdida.

Entonces el juez les dijo a los jurados que debían ir a un cuarto privado para discutir y tomar una decisión. Los jurados dejaron el salón y, en cinco minutos, regresaron. El líder de los jurados anunció al juez:

—Nosotros hemos tomado una decisión. Señor juez, el señor Burton es culpable y debe pagarle a Tomás quinientos dólares.

Los aldeanos vitorearon y aplaudieron el veredicto.

El juez emitió la orden al señor Burton de pagar los quinientos dólares a Tomás. Después del juicio, Tomás y su abuelo le dieron las gracias al señor Nester y pagaron su cuenta, $100.00 dólares.

Ellos comenzaron su viaje, rumbo casa, a caballo. Aunque ellos estaban felices de haberse hecho justicia y de haber ganado su caso, estaban tristes porque Sam ya no estaba con ellos. Decidieron que buscarían a un cachorro para hacerlo miembro de la familia. Ellos hablarían con el veterinario para ver si sabía de un cachorro saludable que pudieran comprar. Una sonrisa se apoderó del rostro de Tomás; y él volvió a sonreír.

2

Tomás y Sacha

El día del cumpleaños de Tomás llegó y él celebró sus catorce años, con su abuelo y unos amigos de la escuela, en el restaurante de la aldea. El maestro, el señor Nester y unos aldeanos pasaron para felicitar a Tomás, él era muy popular en la aldea. Durante los últimos dos años, él había crecido bastante y estaba más maduro. Al lado de Tomás estaba Sacha, su perra, de raza Ganado Australiano, que tenía dos años.

Luego, Tomás y su abuelo agradecieron a sus amigos por la fiesta y regresaron al rancho a caballo con Sacha. Cuando ellos llegaron a casa, su abuelo le dijo que estaba muy cansado y quería descansar antes de comer. Tomás y Sacha fueron al campo para arrear a las vacas al gran corral cerca de la casa, para pasar la noche. Con Sacha, Tomás podía hacer el trabajo de tres vaqueros. Después de llenar los canales con agua y alimento para las vacas, Tomás y Sacha regresaron a la casa para comer y dormir.

Después de la muerte de Sam, Tomás y su abuelo querían encontrar otro perro. Ellos le preguntaron al veterinario de la aldea, qué tipo de perro les recomendaba que deberían buscar. Él les recomendó que buscaran un perro de Ganado Australiano y les dijo:

—Ellos son perros que tienen instintos de arrear las vacas o las ovejas y trabajan duro. Son muy inteligentes, leales y valientes. De hecho, yo sé de un ranchero que vive cerca de la aldea. Él tiene un criadero de estos perros y acaban de nacer cuatro cachorros nuevos. Yo examino a sus perros cuatro veces por año, para mantenerles su salud, porque ellos son importantes en su negocio de ganado. Hace dos semanas examiné los cachorros, dos machos y dos hembras, ellos son perros muy sanos y tienen buena vista —contestó el veterinario—. Yo pienso que el ranchero puede venderles una hembra a ustedes. Su nombre es Tom Miller y su rancho "La Luna" está a dos millas en el camión norte de la aldea.

—Muchas gracias, señor veterinario —le dijo Tomás.

Tomás y su abuelo acordaron que, al día siguiente, irían al rancho del señor Miller para ver los cachorros y, tal vez, comprarían un cachorro si fuera posible. El abuelo de Tomás conocía al señor Miller y sabía que era un hombre amable. Tomás conocía al hijo del señor Miller, llamado Bill, que tenía dieciséis años y era un estudiante en la escuela de Tomás, pero estaba en un grado más alto. Tomás y su abuelo visitaron al ranchero. El abuelo le dijo al señor Miller:

—Queremos comprar un perro de Ganado Australiano y el veterinario nos dijo que usted tenía unos cachorros recién nacidos —el señor Miller los llevó a su granero y allí estaban la madre con sus cuatro cachorros en un nido de heno en una esquina del establo.

Tomás se acercó al nido y se arrodilló enfrente de los cachorros. La madre se levantó y se puso entre Tomás y los cachorros porque él era un extraño. Tomás puso su mano adelante, lentamente para que ella oliera su mano y pudiera ver que él no era una amenaza para sus cachorros. Después de un momento, ella comenzó a menear la cola y Tomás acariciaba su cabeza. Entonces, una de las hembras vino hacia Tomás y él extendió su mano hacia ella y ella comenzó a lamer su mano. Tomás le preguntó al señor Miller:

—Señor, por favor, ¿me vendería usted esta hembra?

—Si tú me pagas $20.00 dólares, tú puedes tenerla —contestó el señor Miller.

—¡Qué bueno! —dijo Tomás—. ¡Muchas gracias!

Su abuelo, con lágrimas en sus ojos, vio la alegría en la cara de Tomás. El dio las gracias al señor Miller y le pagó el dinero. Sin embargo, les dijo el señor Miller:

—Los cachorros tienen dos meses y ellos deben quedarse con su madre durante seis o siete meses, para que ella, mis otros perros adultos y yo los entrenemos en el arte de arrear las vacas y trabajar con éxito en un rancho. Tomás, te sugiero que vengas a mi rancho dos días por semana durante estos seis meses, para que aprendas el arte de trabajar con los perros y tu perra, especialmente, para que formes un vínculo con ella. Tú deberías pasar la noche con nosotros si es posible. Yo enviaré uno de mis vaqueros a tu rancho durante estos días para ayudarle a tu abuelo con sus vacas y su rancho —dijo el señor Miller—. Tú trabajarás conmigo, mi hijo Bill y mis vaqueros. Al final de seis o siete meses, tú deberás llevar a tu perra a tu rancho permanentemente. ¿Qué piensas? —Tomás y su abuelo hablaron por algunos minutos y le dijeron al señor Miller que ellos estaban de acuerdo con el plan—. ¿Tienes algún nombre para tu perra?

—Sí, señor, ¡se llamará Sacha!

—Tomás, yo dudo que tú hayas tenido la experiencia de trabajar con un perro de ganado. Los perros trabajan muy duro con animales grandes y peligrosos. Ellos necesitan mucha agua, buena comida y descanso periódico durante un día de trabajo. Tú tienes que examinarles la piel y sus pies para observar cualquier herida que tengan y darle la medicina. Yo te recomiendo que la lleves al veterinario cuatro veces por año."

—¡Muchas gracias! —respondió Tomás—. Practicaremos su consejo con Sacha.

—El entrenamiento de los cachorros comenzará en un mes, pero tú debes comenzar los dos días por semana. Empezarás la semana próxima para acostumbrarse el uno con el otro —continuó el señor Miller.

El viento sopla constantemente a través de la llanura y trae el aroma de los cambios en las estaciones y en la vida de Tomás. Ahora, él tiene catorce años y su relación con Sacha ha crecido y tienen una profunda amistad y una excelente colaboración en su trabajo. El abuelo no puede trabajar tan duro como solía hacerlo debido a su edad, 80 años. Los tres todavía pueden administrar el rancho y los animales, pero Tomás y Sacha tienen que tomar más responsabilidades.

Otro cambio ha ocurrido. Durante los dos años pasados, Tomás y su abuelo se encontraban con el señor Burton en el camino hacia la aldea, con frecuencia. La primera vez el señor Burton se detuvo y ofreció sus disculpas a Tomás por haberle disparado a Sam. Él admitió que fue algo muy malo. Dijo que esperaba que pudieran perdonarlo.

—Señor Burton —le dijo el abuelo—, Tomás y yo hemos discutido los malos sentimientos en el corazón de Tomás hacia usted y él ha decidido perdonarlo y dejar el asunto atrás, aunque usted no le haya dicho nada a Tomás. Así, vamos adelante y tratar de ser buenos vecinos.

—¡Muchas gracias! ¡Muchas gracias! —dijo el señor Burton—. Y yo espero que podamos convertirnos en buenos amigos —el señor Burton notó que había un perro nuevo en el carro sentado encima de los suministros que los dos habían comprado en la aldea—. Tomás, yo veo que tienes un perro nuevo —le dijo el señor Burton.

—Sí, señor, es una perra de Ganado Australiano y su nombre es Sacha. Ella nos ayuda con nuestras vacas y terneros porque está entrenada para arrear el ganado con un arte excelente —contestó Tomás.

—¡Qué bueno! Yo he oído de los perros de Ganado Australiano. Unos rancheros lo usan —dijo el señor Burton—. Si es posible, ¿alguna vez puedo visitar tu rancho para ver a tu perra trabajar con el ganado?

—Sí, claro —dijo el abuelo—. Venga cualquier tarde, a las seis, cuando arreamos las vacas y los terneros desde el campo hacia el corral por la noche. Tenemos doscientas vacas hembras y cuarenta terneros. Tenemos, también, cinco toros adultos que debemos separarlos de las hembras, porque los toros son hermanos o hijos de las vacas. De hecho, necesitamos venderlos y comprar cuatro o cinco toros nuevos.

—Yo tengo el mismo problema. Tal vez podamos intercambiar unos toros —dijo el señor Burton.

Dos días más tarde, el señor Burton llegó con su capataz al rancho de Tomás y todos fueron al campo con Sacha. Las vacas estaban dispersas mientras Tomás y su abuelo trabajaban para formarlas en un grupo. Sacha arreó las vacas dos o tres a la vez, hasta que todas estuvieron juntas en el grupo. Entonces, con Tomás a lo largo de un lado, y su abuelo a lo largo del otro, y Sacha detrás del grupo, ellos comenzaron a arrearlo hacia el corral. Si una vaca se alejaba del grupo, Sacha, inmediatamente, la arreaba de regreso al grupo. En una hora las vacas estuvieron en el corral.

—¡Bravo! —dijo el señor Burton—. Estoy impresionado con Sacha, ella hace el trabajo de dos o tres vaqueros.

—Sí, señor, ella trabaja muy bien —contestó el abuelo—. Entonces —dijo el abuelo—, yo pienso que su idea de intercambiar unos toros es buena. Tenemos cinco toros que tienen dos o tres años, si usted tiene cinco toros de la misma edad, podríamos intercambiarlos.

—Sí —respondió el señor Burton—. Si usted quiere, que Tomás y Sacha los lleven a mi rancho mañana, yo tendré los cinco toros listos para arrearlos a su rancho.

—Bueno. ¡Hasta mañana! —dijo el abuelo.

Durante la noche hubo una fuerte tormenta, con truenos y relámpagos, que terminó al amanecer. Tomás y Sacha arrearon los toros al rancho del señor Burton. Cuando Tomás llegó al rancho, vio que el alguacil y la policía estaban ahí con el señor Burton y el corral de las vacas estaba vacío.

—¿Qué pasó? —preguntó Tomás.

—Durante la noche y la tormenta ruidosa alguien se robó mis vacas. Había cincuenta vacas y treinta terneros en mi corral anoche. Esta mañana, la puerta estaba abierta y el ganado se había ido. Pero la fuerte lluvia ha borrado las huellas de los animales y no sabemos qué dirección han tomado los ladrones. Después de poner sus toros en el corral pequeño, Tomás se llevó a Sacha al corral grande en el que estaba el ganado que se habían robado. Sacha olfateó la tierra en el corral. Tomás dijo:

—Sacha, ¿en dónde están las vacas? —Sacha entendió estas palabras porque Tomás las dice cuando ellos buscan a las vacas dispersas en los campos de su rancho.

Sacha puso su nariz en la tierra y comenzó a caminar alrededor del corral. Reconociendo el olor del ganado, Sacha salió por la puerta hacia el oeste, corrió unos cien metros y se detuvo a ladrar. Tomás anunció:

—Sacha reconoció el olor del ganado y quiere que nosotros la sigamos. Los hombres montaron sus caballos y siguieron a Sacha. El señor Burton trajo su vagón de casa porque encontraron unos terneros agotados o heridos.

Después de cuatro horas de búsqueda, Sacha corrió a las cimas de una loma pequeña y se detuvo. Cuando los hombres alcanzaron la cima, ellos pudieron ver al ganado entre unos árboles y en un estanque pequeño lleno de agua. Dos ladrones dormían en la tierra y otro estaba sentado debajo de un árbol, también dormía.

Tranquilamente, el alguacil y la policía, con pistolas en sus manos, rodearon a los ladrones y los arrestaron. El señor Burton decidió que las vacas y los terneros necesitaban más descanso, agua y alimento. Tomás y un policía arrearon el ganado hasta el rancho en pocas horas. El alguacil y dos policías salieron con los ladrones para regresar a la aldea. El alguacil le dijo al señor Burton y a Tomás que deberían ir a la aldea en la mañana para testificar contra los ladrones.

Al siguiente día, Tomás y su abuelo fueron en su vagón a la aldea con Sacha, que se sentó al lado de Tomás. Cuando ellos entraron a la aldea, los aldeanos vitorearon y gritaron: "¡Sacha la heroína!", porque el señor Burton y el alguacil habían contado la historia de su seguimiento al ganado y a los ladrones.

El señor Burton se acercó al vagón y agradeció a Tomás y elogió a Sacha. Tomás podía ver la alegría en la cara de Sacha y él supo que Sacha era una perra especial y valiente.

—Ella es una heroína —le murmuró a su abuelo en el oído.

3

Tomás, el duende

La historia de la vida de Tomás continúa. Un día después de su cumpleaños número 16, Tomás y su abuelo se encontraron en la oficina del abogado, el señor Nester, para firmar la nueva escritura que indicaba a Tomás como dueño del rancho, compartiendo los derechos de propiedad con su abuelo, Raphael.

Su abuelo, Raphael Antonio Mendoza, nació en México y llegó a Kansas para vivir con su hija María; ella casada con Thomas Jenkins, que era el dueño del rancho, el cual media 2000 hectáreas. Thomas y María eran los padres de Tomás.

Cuando Tomás tenía dos años, una epidémica de cólera se apoderó del área y mucha gente murió. Thomas y María sufrían de la enfermedad y, a las puertas de la muerte, ellos firmaron el título de la propiedad del rancho a Raphael, con las instrucciones de que su hijo Tomás compartiría los derechos de propiedad cuando él tuviera 16 años. Después de salir de la oficina del señor Nester, ellos regresaban al rancho a caballo, el abuelo dijo a Tomás:

—Ahora tú eres un ranchero y tienes que pensar sobre el futuro del rancho. Nuestro ganado ha crecido durante los dos últimos años. Tenemos 250 vacas y 50 terneros. Tú y Sacha están trabajando muy duro para mantener los animales y el rancho. Yo tengo 82 años y no puedo trabajar como yo solía hacerlo, estoy más débil y cansado. En la primavera tendremos, quizás, 20 o 30 terneros más. Tú y Sacha necesitarán otro vaquero y otro perro de ganado para cuidarlo y ampliar los corrales y granero.

—Yo sé, papá, yo he estado pensando sobre lo mismo. Creo que deberíamos vender 50 o 100 hembras adultas. Yo he oído que el precio es $10.00 o $12.00 dólares por vaca entregada al comprador. Creo que el señor Burton o el señor Miller comprarían el ganado. Con el dinero podríamos vivir bien durante, al menos, dos años y agrandar el granero y el corral. También, sé que el señor Miller tiene dos perros de ganado que no están relacionados con Sacha. Cuando ella esté en celo, podríamos ponerla con un macho para que ella tenga unos cachorros. Sacha y yo los entrenaríamos para que sean buenos perros de ganado y, como nuestro ganado crece, yo tendré mucha ayuda.

—Está bien, Tomás —le dijo su abuelo—. Tu plan está bueno. Tú piensas como un ranchero.

Durante los próximos meses, Tomás y Raphael cumplieron sus planes. Con el dinero de la venta de su ganado al señor Burton, contrataron dos carpinteros y ampliaron el granero, el corral y construyeron un gallinero. Ellos notaron que Sacha estuvo más cansada, después de trabajar y fue al granero cada noche en donde ella estaba haciendo un nido de heno en un rincón del granero. Raphael le dijo a Tomás que Sacha dará a luz a los cachorros en seis semanas. Tomás estaba muy emocionado. A partir de ese momento ellos trabajarían más para que Sacha descanse.

La semana antes de que Sacha diera a luz, Tomás dormía en el granero al lado de Sacha. Finalmente, Sacha parió a cinco cachorros: 3 hembras y 2 machos. Raphael y Tomás ayudaban a Sacha a sentirse cómoda. Tomás estaba fascinado con el proceso de nacimiento. Ellos miraban mientras Sacha lavaba a sus cachorros con su lengua.

Tomás fue a la aldea para pedir al veterinario si él vendría al rancho para examinar los perros. Después de dos días, el veterinario vino al rancho y examinó los perros. Luego, él anunció que Sacha estaba en buenas condiciones, además de tener leche suficiente para sus cachorros. Los cachorros parecen saludables, pero él regresaría en tres semanas para comprobar sus vistas, piernas y pies.

—¿No tienes los nombres todavía? —preguntó él.

—Si —respondió Tomás—. Las hembras son: Tina, Rosa y Mati. Los machos son: Tom y Sam.

—¡Qué bueno! —le dijo el veterinario y Raphael lo afirmó. El veterinario continuó—: En cuatro meses puedes llevarlos al campo para comenzar su entrenamiento, pero debes cuidar que el ganado no los hiera.

El veterinario regresó, como había prometido y, después de sus pruebas, declaró que los cachorros y Sacha estaban en buena salud.

4

La familia Gutiérrez

Un sábado, temprano por la mañana, en marzo, mientras Tomás, Raphael y sus perros arreaban el ganado a los campos, vieron un carro pequeño inclinado al lado y cuatro personas mirando una rueda rota. El carro era jalado por dos burros delgados. Tomás era bilingüe, hablaba; inglés y español, él se acercó al grupo, y vio que ellos eran latinos y Tomás les dijo:

—¿Qué pasó?

—El eje se rompió y la rueda está rota, y yo no puedo repararlos —respondió el hombre.

—¿Quién es usted? —preguntó Tomás.

—Yo soy Miguel Gutiérrez y mi esposa es María, y mis niños Jorge y Elena.

—¿De dónde eres? —volvió a preguntar Tomás.

—Somos mexicanos, pero vivíamos en Oklahoma en un rancho grande. Yo era un vaquero y María era la cocinera, el gobierno federal compró el rancho para crear una reserva para una tribu de indios. Perdimos nuestros trabajos y decidimos viajar al norte para buscar una vida nueva.

—El hombre que está allá con el ganado es Raphael, mi abuelo. Yo hablaré con él sobre su situación y, tal vez, podemos ayudarles —les dijo Tomás.

Tomás fue a Raphael y le explicó la situación de la familia. Ellos acordaron que podía llevarlos a su rancho porque tenían una casita vacía al lado de su casa. La casita fue construida por los padres de Tomás para Raphael. Era utilizada cada vez que él venía de México para vivir con su hija y su esposo, los padres de Tomás. Tomás regresó al grupo y les dijo:

—Mi nombre es Tomás y mi abuelo y yo somos los dueños de nuestro rancho. Tenemos una casita vacía al lado de nuestra casa. Si ustedes quieren, Raphael regresará a la casa y traerá nuestro carro para llevarlos a ustedes y sus maletas al lugar en donde podrán descansar y quedarse hasta que su carro esté reparado y quieran salir. La casita tiene una cocina con agua y tres cuartos. Está sucia, pero está bien cuidada.

—¡Muchas gracias! ¡Muchas gracias, señor! Aceptamos su oferta. Estábamos sin esperanza —respondió el padre—. Diga a su abuelo que, si él trae otro caballo, mi hijo quedará contigo para ayudarte con el ganado —añadió Miguel Gutiérrez.

Tomás regresó donde Raphael y le dijo el plan. Una hora después, él regresó con su carro y otro caballo. La familia sacó sus maletas del carro y las pusieron en el carro de Raphael.

—Venga, Jorge —le dijo Tomás—, cuidaremos el ganado hasta las cinco y luego lo arrearemos al corral para pasar la noche —Raphael y la familia salieron en su carro con los dos burros atados.

Cuando Tomás, Jorge y los perros regresaron con el ganado, la casita estaba limpia y la familia se había instalado. Tomás y Jorge pusieron el ganado en el corral y les dieron agua. Ellos alimentaron a los perros, pusieron a los burros en el establo con los caballos y les dieron avena para comer.

—Lo siento señores —les dijo Miguel a Tomás y Raphael—, no tenemos la comida, excepto una pequeña cantidad de pan duro. Si ustedes compartieran algo de comida con nosotros, trabajaremos para ustedes.

—Con su permiso — les dijo María—, cocinaré la cena esta noche.

—Ella es una cocinera excelente —les dijo, Miguel.

—¡Qué bueno! —dijo Raphael—. Esta noche celebraremos su llegada con una cena de carne, arroz, y frijoles. Usted puede prepararlo en nuestra casa y comeremos en nuestra mesa. Tenemos los platos y utensilios de mi hija y su esposo, que eran los padres de Tomás.

María y Elena lloraban. Tenían miedo de haber muerto en la llanura. Sus emociones reprimidas las vencieron y las expresaron con lágrimas de alegría. Ellas comenzaron a preparar la cocina y el horno para cocinar la cena. Raphael trajo la carne salada, el arroz y los frijoles de la dispensa. Durante la cena, Raphael exclamó:

—¡Esta comida es la mejor que he comida en muchos años!

—De acuerdo —contestó Tomás.

—Gracias, señores —les dijo María.

Después de comer, Tomás llevó a Miguel y a Jorge al granero, al establo y al gallinero para mostrarles sus animales y su equipo.

—Hay una cama para dos personas en la casita y tenemos más madera en el granero, y mañana hacemos dos camas más para Elena y Jorge —les dijo Tomás—. También, si ustedes quieren, podemos ir a la aldea para comprar unos suministros.

—¡Sí! — contestó Miguel—. Tenemos ochenta dólares y compraremos las cosas que necesitamos.

Temprano, en la mañana del domingo, Tomás, Jorge y los perros llevaron el ganado a los campos. Raphael y Miguel se fueron en el carro de Raphael con las herramientas para remover la rueda y el eje roto del carro de Miguel. Ellos los pusieron en el carro de Raphael para llevarlos al herrero de la aldea para repararlos, si fuera posible.

Ellos se unieron con María y Elena y todos fueron a la aldea. Cuando llegaron, Raphael y Miguel fueron al herrero con la rueda y el eje. Le preguntaron al herrero si él podría repararlos, porque lo necesitarían en tres semanas; ya que Miguel y su familia irían a visitar a sus parientes en otra aldea por dos semanas o más.

Raphael y Miguel acordaron con el herrero y fueron a unirse con María y Elena en el mercado para comprar los suministros. Luego, decidieron ir al restaurante. Raphael vio al señor Burton, le dio un saludo y le presentó a Miguel y su familia. El señor Burton estaba muy amable y Raphael le explicó la historia de la familia. Miguel habló bien el inglés y le dijo sobre su trabajo en Oklahoma.

—Raphael —le dijo señor Burton—, con su permiso, yo quiero visitar su rancho para mirar sus perros de ganado trabajando con su ganado, si es posible.

—Por supuesto, cualquier día venga usted a las siete en la mañana cuando los arreamos a los campos —respondió Raphael.

—Gracias, iré el miércoles.

Después de comer, ellos dejaron el restaurante y regresaron al carro, cargaron los suministros del mercado.

—¿Hay una iglesia católica aquí? —pregunta María—. Hoy es domingo y necesitamos rezar y dar gracias a Dios por ustedes y nuestras vidas.

—¡Sí! —respondió Raphael—. ¡Venga conmigo! Hay una pequeña iglesia católica con un sacerdote llamado Hernando.

Ellos fueron a la iglesia, conocieron el sacerdote, y dieron gracias a Dios por sus bendiciones. Regresaron al rancho. Raphael y Miguel fueron al granero para hacer dos camas para Jorge y Elena. Luego, Miguel fue a caballo a los campos para ayudarle a Tomás y Jorge con el ganado. Raphael estaba cansado y se acostó a dormir.

5

El lazo entre las familias crece

Los cachorros crecían rápidamente y aprendían el arte de arrear el ganado. También, aprendían a ser buenos perros de familias. Cada noche, después de cenar, Jorge, Elena y Tomás jugaban con los cachorros afuera. Les encantaba perseguir bolas y palos que fueron lanzados. Además, les gustaba perseguir a los pollos, pero no podían atraparlos nunca. A veces, Sacha y sus cachorros intentaban arrear los pollos hacia el gallinero, pero algunos saltaban en el aire y volaban en todas direcciones, justo fuera del alcance de los cachorros, haciendo mucho ruido.

El día que señor Burton llegó para mirar a los perros trabajando en los campos, Raphael, Tomás, Jorge y Miguel, junto con el señor Burton, a caballos y con los perros, arrearon el ganado a los campos. En el campo, el ganado empezó a dispersarse, lentamente, mientras comían el pasto que los alimenta. Todo transcurría normalmente.

Sam, Tom y Rosa estaban trabajando a la orilla de la manada, cuando Tomás vio a dos coyotes que se acercaron a los tres cachorros. Sacha vio a los coyotes también e, inmediatamente, corrió hacia sus cachorros. Sam, Tom y Rosa vieron los coyotes, pero se detuvieron porque ellos pensaron que eran perros y los cachorros no tenían miedo.

Los coyotes continuaron acercándose a los cachorros cuando, de repente, Sacha se apresuró a ponerse entre sus cachorros y los coyotes. Los instintos de proteger a sus cachorros llenaron su cuerpo y su pelaje se erizó, ella mostró sus colmillos mientras gruñía de una manera feroz y demostró a los coyotes que ella estaba lista para luchar a muerte y así proteger a sus cachorros. Entonces, Tom, Sam y Rosa vinieron al lado de Sacha e imitaron la postura feroz de su madre, los coyotes, ahora confrontados por cuatro enemigos feroces, dieron unos pasos hacia atrás.

Tomás y Miguel galopaban hacia el grupo. Ellos veían la confrontación de los perros y los coyotes, y cómo los coyotes comenzaron a retirarse. Tomás y Miguel los persiguieron por doscientos metros o más. Luego regresaron con los perros, desmontaron y los acariciaron. Todos regresaron al ganado. Tomás preguntó a Miguel:

—¿Viste a los perros y sus posturas feroces? Ellos estuvieron listos para luchar —dijo Tomás.

—Sí, los perros son valientes —contestó Miguel.

Tomás, les dijo a Raphael y al señor Burton de lo que había pasado con los perros y los coyotes. El señor Burton estaba impresionado.

Él continuó mirando a los perros y su trabajo con el ganado. Él podía ver que Miguel era un vaquero con mucha experiencia con el ganado. Entonces, le dijo Burton a Raphael, Tomás y Miguel:

—Señores, yo he vendido 1,500 vacas a una compañía del este y tenemos que arrear el ganado 300 millas a Kansas City. Necesitamos tres semanas o más para hacer el viaje, y saldremos en dos semanas. Yo necesitaré a casi todos mis vaqueros, pero uno quedará en el rancho porque yo tengo 350 terneros. Necesito otro vaquero para que cuiden los terneros. Quiero ofrecerle el trabajo a Tomás o Miguel. Le pagaré a uno por este trabajo y la comida también, hasta que yo y mis vaqueros regresemos.

—Gracias —respondió Tomás—, pero yo me quedaré con mi abuelo, porque mi ganado es mi responsabilidad y yo estoy entrenando los cachorros.

Miguel contestó:

—Gracias, señor Burton, me gustaría hacer este trabajo para usted. Yo necesito el dinero para mi familia.

—¡Perfecto! —exclamó el señor Burton—. Venga a mi rancho en 12 días para ver a mi operación y conocer a mis vaqueros. Y a mis amigos, y lo más importante, el precio de ganado va a aumentar porque en este año de 1885, una revolución industrial ha empezado en el este con nuevas fábricas, más modernas, haciendo productos nuevos. Hay una inmigración de 1000 inmigrantes de Europa cada semana en el este y ellos quieren carne. Ahora, el precio de una vaca es 21.00 dólares, y pronto aumentará otra vez. Tendremos un futuro grande —anunció señor Burton.

—Sí, señor — respondió Tomás—, mi maestro de la escuela ha dicho lo mismo y nos ha mostrado los artículos en unos periódicos y las revistas del este que discuten el crecimiento de la población, y las fábricas nuevas que proporciona miles de empleos con buena paga.

—Tenemos que aumentar nuestra manada cada año para aprovechar la creciente demanda —dijo Raphael—, necesitaremos más tierra o tendremos que comprar más heno cada año.

—¡Sí! —contestó el señor Burton—. Tal vez podemos trabajar juntos. Después de vender 1,500 vacas, yo tendré mucha tierra con abundante césped y agua que no necesitaré por cinco o seis años. Tengo 1,200 vacas más en otra parte de mi tierra. Pensaré sobre una solución, durante mi viaje a Kansas City.

Durante las siguientes dos semanas, antes de salir, Miguel discutió con su familia de su futuro. María, Elena y Jorge quieren quedarse con Tomás y Raphael, y esperaban que ellos sintieran lo mismo. Mientras tanto, Raphael y Tomás hablaban con frecuencia sobre la situación de la familia Gutiérrez, y los dos desearon que ellos se quedaran.

—Cuando Miguel regrese del rancho del señor Burton, hablaremos con ellos —dijo Raphael.

Miguel besó a María, Jorge y Elena y les dijo que ayudaran a Raphael y Tomás. Dijo adiós a todos y fue al rancho de señor Burton.

—¡Buena suerte! —le dijo Tomás— Si usted necesita ayuda, envíe un mensaje y Jorge o yo iremos al rancho.

Mientras Miguel se había ido para cuidar a los terneros de señor Burton, Raphael, Jorge y María fueron a la aldea, donde el herrero, para recoger la rueda reparada y el eje nuevo. María compró unas semillas de vegetales para sembrar en la huerta que ella y Elena harían detrás de las casas, si Miguel decidía quedarse en el rancho de Raphael y Tomás.

Al siguiente día, Raphael y Jorge, con los burros y sus herramientas, fueron a los campos en el carro de Raphael. Después de reparar el carro de Miguel, ellos enjaezaron a los burros al carro y lo trajeron al rancho. Raphael sabía que cuando Miguel regresase, él ya habría decidido si quedarse o irse.

6

La ganga

Cuando el señor Burton y sus vaqueros regresaron de Kansas City, él le pagó a Miguel 90.00 dólares y le ofreció un trabajo. Quería que Miguel trabajará para él tres días por semana, por 50.00 dólares mensuales, incluyendo tres comidas diarias. Miguel le dijo:

—¡Muchas gracias! Quisiera hablar primero con mi familia, Raphael y Tomás. Luego de esa conversación le daré una respuesta.

Miguel regresó al rancho de Raphael y les dio abrazos a su familia y saludó a Raphael y Tomás. María les dijo:

—La cena está preparada. Comamos y nos puedes contar sobre tu trabajo para el señor Burton.

—Había 360 terneros y cada mañana los arreamos a los campos, y cada tarde los arreamos a un corral grande. Estuvimos muy ocupados todos los días, necesitamos unos perros de ganado. Pero el trabajo estuvo bien, sin problemas —les dijo Miguel. Entonces anunció Miguel—: El señor Burton me ha ofrecido un trabajo. Él quiere que yo trabajé para él tres días por semana y me pagará 50.00 dólares por mes, incluyendo tres comidas por día y un caballo entrenado. Yo pienso que es una oportunidad buena. Yo sé que mi familia quiere quedarse con ustedes. Si podemos llegar a un acuerdo que sea justo y tenga sentido para todos nosotros. ¿Qué piensan ustedes? —Raphael respondió:

—Miguel, queremos que usted y su familia se queden aquí, con nosotros. Ustedes pueden vivir en la casita y podemos agrandarla, la cocina y dos cuartos más, tenemos la madera en la granja y podemos comprar más, si es necesario. Contrataremos un carpintero y un trabajador para construirlas. No hay renta. María y Elena pueden cocinar y limpiar las casas y, si ellas desean, harán un jardín para cultivar vegetales. Jorge puede trabajar como un vaquero con Tomás y los perros, y podemos pagarle 15.00 dólares por mes. Compraremos la comida y los suministros para el rancho, sin embargo, no somos ricos. Tal vez, el señor Burton te ofrecerá más días por semana y te pagará más en el futuro.

—Sí, pienso que esa es una posibilidad —contestó Miguel—. Él y su capataz saben que yo tengo mucha experiencia y conocimiento del ganado. O, tal vez, hay otro ranchero que necesita un vaquero tres días por semana cerca de la aldea. Mientras tanto, yo puedo ayudar a los chicos con el ganado, o ayudar a las mujeres con el jardín. Raphael, su plan está más que justo. ¡Gracias!

Los chicos, Elena y María vitorearon: "¡Qué bueno!". La convivencia comenzó de una manera feliz y positiva. Raphael continuó:

—Tenemos 175 vacas adultas, 50 vacas que tienen un año y 31 terneros. Necesitamos criar las hembras este verano para tener terneros la primavera próxima. Yo pienso que necesitamos intercambiar nuestros toros con otros rancheros durante este año.

—Yo estoy de acuerdo —le dijo Miguel—. Yo sé que el señor Burton tiene muchos toros que él necesita intercambiar.

Raphael añadió:

—Yo hablaré con el señor Miller, también. Yo espero que podamos tener 70 terneros la próxima primavera.

Durante los 12 meses próximos, la relación de las familias creció bastante bien. Tomás sintió que ellos se convertían en familia con un abuelo, un padre Miguel, María una Madre, Jorge un hermano y Elena como una buena amiga o, más, una enamorada. Raphael y Miguel notaron que los dos pasaban más tiempo juntos. Iban a montar por las tardes y Tomás la ayudaba con su trabajo en el jardín y los pollos. Durante el año, las familias celebraron los cumpleaños de Elena 16, Tomás 17, Jorge 15, Raphael 83, Miguel 42, y María 40.

Ellos alcanzaron sus objetivos de ampliar la casita con una cocina grande y dos cuartos más. Hicieron un jardín de vegetales con maíz, chiles, tomates, lechuga, cebollas, zanahorias, espárragos y melones. Y nacieron 70 nuevos terneros.

Miguel trabajaba cinco días por semana para el señor Burton y ganaba más dinero. El señor Burton le dio más responsabilidades de entrenar a sus jóvenes vaqueros. Todo fue bien con la familia.

Sacha y sus cachorros eran amados por la familia. Pero Sacha pertenecía a Tomás y cuando ellos no trabajaban en los campos, Sacha estaba cerca de Tomás.

Los cachorros eran adultos y a los machos, Sam y Tom, les gustaba deambular fuera de la casa, en el granero y el establo con los caballos. Respondieron muy bien a Miguel en los campos y parecían que cuando regresan, por las noches y los fines de semana, ven a Miguel venir varias veces, e iban a dondequiera que estuviera en el rancho. Casi siempre, Miguel decía: "Hola, Tom, Sam", y los acariciaba por unos momentos, ellos miraban fijamente los ojos de Miguel como si esperaban órdenes, entonces iban hacia Raphael y Tomás. Las hembras Rosa, Tina y Mati se quedaban cerca de María y Elena por la tarde, y dormían en la casita por la noche. Los perros encajaban perfectamente en la familia.

Dos o tres veces por año, el veterinario visitaba el rancho para examinar a los perros, especialmente sus patas y piernas, él examinaba a los caballos y las vacas para descubrir cualquier enfermedad o las heridas de la piel, ojos, nariz o la boca. El veterinario le dijo a la familia de que hay medicinas nuevas y ciencia, para los animales, avanzadas, hay nuevas vacunas contra enfermedades. Él le dijo que, muy pronto, tendrá un amplio suministro de estos medicamentos y la familia debería considerar usarlos para sus animales.

—¿Cuántos dólares por el tratamiento a todos nuestros animales? —le preguntó Raphael.

—Yo estimaría unos 40.00 a 45.00 dólares para todos —respondió el veterinario—, pero las vacunas perdurarán por unos años.

—Discutiremos su oferta y muchas gracias,, señor —le dijo Raphael.

Durante los dos meses próximos, la familia discutió la idea del veterinario y su recomendación a usar las vacunas para su manada. Finalmente, todos acordaron que ellos comenzarían a vacunar la manada en seis meses. Primero, ellos intercambiarán unos machos con el señor Burton y el señor Miller, y venderán 40-50 adultas hembras al señor Burton, que necesita aumentar su manada.

7

El rescate y la fiesta

El tiempo pasaba rápidamente y la familia estaba logrando sus metas. Los cachorros eran adultos y trabajaban con el ganado muy bien en los campos. Sin embargo, hubo dos acontecimientos en sus vidas que tuvieron gran efecto. Uno fue aterrador y el otro fue una bendición.

Un día, cuando Tomás y Jorge regresaron en la tarde con el ganado, vieron al aguacil y la policía hablando con Raphael, María y Elena. Tomás dijo:

—¿Qué pasó, papá? —el aguacil explicó que el señor Burton y Miguel fueron a la aldea en la mañana, a caballo, porque el señor Burton necesitaba ir al banco para obtener 5,000.00 dólares en efectivo para pagar algunas cuentas por la construcción en su rancho. Ellos salieron después de desayunar en la cantina.

Tres horas más tarde, el capataz de su rancho vino a la oficina del aguacil y le dijo que el señor Burton y Miguel no habían regresado al rancho, pero el caballo de Miguel regresó sin Miguel. El aguacil y el capataz, con la policía, buscaron en el camino de la aldea al rancho y no descubrieron nada. Entonces, el aguacil le preguntó a Tomás:

—¿Piensas que Sacha y sus perros podrían ayudarnos a localizarlos?

—¡Eso es una posibilidad! —contestó Tomás—. ¡Vámonos!

Tomás y Jorge, con la policía y con todos los perros, iban en el camino hacia la aldea. Con frecuencia, Tomás dijo a los perros:

—¿Dónde está Miguel? Sam, Tom, ¿dónde está Miguel?

Viajaron lentamente hasta llegar al gran bosque por el que pasaba el camino. Cerca de la mitad del bosque, Sam y Tom dejaron el camión y entraron al bosque junto con sus narices a los arbustos y la maleza. Tomás dijo:

—Los perros huelen el olor de Miguel, en la maleza, de sus pantalones, como el pasaba por la maleza a caballo. Y huelen el olor de su caballo. Debemos seguirlos.

Sacha y los otros perros se unieron a Sam y Tom y prosiguieron por el bosque. Los hombres los siguieron de cerca, a caballo. Ellos podían ver un camión de maleza pisado y las huellas de caballos en la tierra. Después de una hora, los hombres pudieron ver una pequeña cabina vieja y ruinosa por los árboles. La cabina parecía haber sido abandonada, porque la maleza había crecido sobre la mayor parte de ella. Tomás y Jorge la desmontaron y reunieron a los perros, para evitar que ladraran o fueran a la cabina. El aguacil susurró que podía ver al caballo de señor Burton atado a un árbol, detrás de la cabina. La policía se movió, silenciosamente, a través de los árboles, para rodear la cabina. Entonces, Tina y Mati, sintiendo la tensión en el aire, ladraron unas cuantas veces. Un hombre salió de la puerta de la cabina con una pistola en su mano. El aguacil gritó:

—Policía, ¡ponga la pistola en el suelo! —el hombre contestó algo en un lenguaje extraño, pero no puso la pistola en el suelo. Entonces, el aguacil y la policía salieron de los árboles con sus pistolas apuntando al hombre. El dejó caer la pistola y puso las manos en el aire. Rápidamente, la policía se apoderó del hombre y el aguacil entró a la cabina con su pistola en su mano. Él gritó:

—Tomás, Jorge, Miguel y el señor Burton están aquí y están bien —los dos habían sido atados con cuerdas y mordazas en las bocas.

Ahora libres, Tomás y Jorge corrieron a ellos y los abrazaron. Los perros vinieron ladrando y saltaron sobre las piernas de Miguel con evidente felicidad. El señor Burton y Miguel agradecieron a sus rescatistas profusamente y les dijeron que este hombre y otros tres, los habían secuestrado en el camino de la aldea. Habían robado el dinero de los dos, y los habían llevado a esta cabina. Eran extranjeros y hablaban un lenguaje extraño. Tres de ellos se fueron en la mañana, pero pensaban que iban a regresar esta noche. La policía buscó en la cabina y encontró el dinero. El señor Burton y Miguel pusieron sus brazos alrededor Tomás y Jorge, y todos eran muy felices. También, ellos acariciaron a los perros y el señor Burton le dijo a Tomás:

—Otra vez, Sacha y los perros, han venido en mi ayuda.

El alguacil les dijo:

—La Policía y yo quedaremos escondidos en los árboles alrededor de la cabina hasta la noche, con la esperanza de que los tres ladrones regresen y podamos capturarlos. Señor Burton, por favor, deje su caballo detrás de la cabina para parecer normal a los tres hombres. Tome mi caballo y usted, Tomás, Jorge, Miguel y su capataz deben regresar a sus ranchos. Pero, usted y Miguel, necesitan ir a la aldea mañana para identificar a los ladrones y testificar al juez. El prisionero quedará con nosotros.

Los cinco hombres regresaron a sus ranchos y a sus familias, felices. Durante la noche, los tres ladrones regresaron a la cabina y la policía los capturó.

El día siguiente, el señor Burton y Miguel fueron a la aldea para hablar con el alguacil. Los aldeanos vitorearon a los dos hombres, al aguacil y la policía. El aguacil dijo que Sacha y los perros eran héroes también, sin su ayuda, el resultado podría haber sido peor. El señor Burton anunció:

—En una semana habrá una fiesta en mi rancho para agradecer y honrar a nuestros rescatistas. Todos los aldeanos serán invitados y habrá mucha comida y bebidas para sus familias. También habrá música para bailar. La fiesta comenzará a las 6:00 el próximo sábado. Por favor, yo espero que todos ustedes asistan a la fiesta.

Y los aldeanos vitorearon otra vez. Había mucha emoción en la aldea, mucha gente compró ropas nuevas para la fiesta en el rancho del señor Burton. El señor Burton compró mucha comida de los mercados para la aldea y fue a otra cercana para contratar personas que prepararan la comida y sirvieran a sus invitados.

Raphael y Miguel tenían los trajes al estilo tradicional hispano, y María ayudó a Tomás y Jorge a comprar trajes nuevos, y a Elena a comprar un vestido nuevo. Ella compró un paño de colores brillantes para hacer chales, que serían para ellas.

La tarde de la fiesta llegó y, cuando la familia estaba lista para partir, un viejo amigo de Raphael, a quien ha contratado para vigilar el rancho y el ganado, les dijo:

—Raphael, tienes una bonita familia, que tengan una buena noche.

—Gracias, amigo mío —respondió Raphael.

Cuando la familia se acercó a la hacienda del señor Burton, podían ver a muchas personas y oír la música. Más personas estaban llegando en sus carros y a caballo. Había muchas mesas frente de la casa y en el pasto. Lentamente, los invitados estaban llenando las sillas alrededor de cada mesa. El señor Burton y su esposa estaban saludándolos mesa por mesa.

Raphael puso el carro y los caballos en el área de los otros carros y animales, mientras el resto de la familia entraba a la fiesta. Cuando el señor Burton los vio, él y su esposa vinieron para saludarlos y se dirigió hacia el frente de las mesas, a la más grande, en donde el aguacil, la policía y sus familias se sentaban. Al lado de las mesas, había cuatro de ellas más grandes, donde los cocineros estaban preparando la comida para las mesas de buffet. Había dos mesas grandes donde los camareros servían vino, cerveza y limonada. Miguel les dijo a Tomás, Jorge y Elena que esta fiesta es de primera clase y algo especial para disfrutar. Los ojos de los adolescentes parecían dólares de plata, como miraban la hacienda con decoraciones y los invitados vestidos con ropa hermosa, y a los músicos tocando música bonita. Era una cálida tarde de septiembre con una brisa suave y fresca. Cuando el sol se ocultaba, los trabajadores llevaban linternas encendidas con velas a cada mesa. Tomás tomó la mano de Elena y le dijo a Jorge:

—Venga, vamos a mirar todo.

Miguel dio su aprobación con un movimiento de cabeza y los tres comenzaron a explorar la multitud, las mesas de buffet y los músicos. Ellos pararon en las mesas, donde pidieron tres vasos de limonada. Luego, Tomás vio a unos amigos de la escuela y a sus padres, les presentó a Elena y a Jorge. Tres amigos, dos blancos y un latino, se unieron al equipo y fueron a las mesas de buffet para ver la comida. Luego, se dirigieron a mirar a los músicos y escuchar la música. Entonces, regresaron a la mesa de Miguel, Raphael y María con sus amigos y se los presentó a sus padres. Después de saludar, los tres amigos regresaron a sus mesas. Entonces, el señor Burton anunció con una voz fuerte:

—La comida está lista. ¡Buen provecho!

Los invitados, felices, iban a las mesas de buffet y regresaban a sus mesas con platos llenos de buena comida; carne, pollo, enchiladas, ensalada, frutas y postres. Después de comer, escuchando la música, Miguel y María se levantaron para bailar. Tomás tomó la mano de Elena y le pidió:

—¿Quieres bailar conmigo?

—¡Sí! —respondió—. Pero yo no quiero salir mientras Jorge queda solo a la mesa.

—No te preocupes —les dijo Jorge—, yo vi a una chica en la otra mesa y yo voy a ir a preguntarle si ella quiere bailar conmigo.

—¡Buena suerte, hermano! Se une a nosotros.

Los músicos tocaban música romántica. Tomás sentía amor hacia Elena, durante mucho tiempo, y con la oscuridad de la noche y la luna brillando en el bello rostro de Elena, Tomás le dijo:

—Elena, te amo.

Ella, con lágrimas en sus ojos y una bella sonrisa, dijo:

—Yo también te amo.

Tomás se llenó de felicidad al instante y abrazó a Elena suavemente. Entonces le dijo:

—Yo quiero preguntar a tus padres si nos dan su permiso para ser novios con una meta de matrimonio en el futuro cercano.

Elena le respondió:

—Sí, pero estoy nerviosa, porque a veces mis padres piensan que yo soy una niña, más, yo sé que mis padres te aman y respetan. Yo pienso que ellos estarán felices y de acuerdo. ¿Cuándo quieres tú preguntarles a ellos? —preguntó.

—Mañana en la noche durante la cena —respondió Tomás—. Elena se estremeció de emoción.

—¡Ok! —le dijo Elena—. Lo que creas que es mejor.

8

Buen negocio

La siguiente tarde, mientras la familia cenaba junta en la casa de Raphael y Tomás, Elena estaba nerviosa esperando que Tomás anunciara su deseo a la familia. Entonces, ella sentada junto a Tomás, sintió que su mano tomaba la suya debajo de la mesa y contuvo su aliento cuando Tomás comenzó a hablar.

—Miguel, María y papá, yo he amado a Elena por mucho tiempo y yo sé que Elena siente lo mismo por mí, y quiero pedirles permiso para que podamos ser novios, con una meta de matrimonio. Sus bendiciones son muy importantes para nosotros.

Hubo silencio por unos segundos y Jorge gritó:

—¡Bravo, bravo, hermano!

Entonces, Miguel les dijo:

—No estamos sorprendidos y estamos muy felices. Ustedes tienen nuestras bendiciones, hijos.

María abrazó a su hija y luego a Tomás. Raphael se levantó y les dijo:

—¡Bravo, Tomás y Elena! Necesitamos celebrar con una copa de vino.

El éxito de la familia continuaba, la manada de ganado creció. Ellos pudieron vender algunas vacas a buen precio, porque el constante crecimiento de la inmigración en el país provocó una mayor demanda de carne de res.

El señor Burton ofreció una propuesta a la familia en la que él intercambiaría 500 hectáreas de su tierra al lado de la tierra de Raphael y Tomás, si él pudiera poner 300 terneros en el rebaño de la familia y ellos cuidaran los terneros. Cuando el señor Burton los vendiese, la familia y él compartirían el dinero en partes iguales. Además, el señor Burton enviará a tres chicos, hijos de sus vaqueros, para que aprendan a ser vaqueros y, así, ayuden a la familia cada día. Dos o tres días a la semana, Miguel trabajará para entrenar a los chicos en los campos.

La familia discutió la propuesta del señor Burton por tres días y ellos acordaron que agrandarían el corral y comprarían más heno cada año. Tres días más tarde, Raphael y Tomás encontraron al señor Burton y su esposa en la oficina del señor Nester para preparar un contrato y los documentos necesarios.

Los siguientes dos meses, la familia estuvo muy ocupada. El corral se amplió y el señor Burton entregó 325 terneros. Raphael, con su carpintero y su trabajador, comenzaron a ampliar la casa, agregando una nueva habitación grande en anticipación del matrimonio de Tomás y Elena. Este fue un regalo de bodas de Raphael, Miguel, María y Jorge. Durante este tiempo, Tomás y Jorge, con los perros, estaban trabajando, cuidando la manada de más que 600 vacas. El trabajo estaba duro, pero Sacha y sus cachorros aprendieron rápidamente y, estaban cansados, pero felices, su logro era inapreciable.

María y Elena estaban haciendo un hermoso vestido de novia blanco para Elena, además, ellas preparaban una pequeña celebración en el rancho para después de la boda. A medida que se acercaba el día del matrimonio, Elena estaba segura de su elección y podía percibir el amor que Tomás sentía por ella. Ella podía ver que él era un hombre inteligente y trabajaba duro, y sabía que su futuro sería brillante.

En el día de la boda, la familia y los perros llegaron a la iglesia de la aldea. Muchos aldeanos se reunieron en frente de ella para dar sus bendiciones a la pareja. La familia entró a la iglesia. Tomás y Elena se pararon en el altar, frente al sacerdote. La ceremonia se realizó y, pronto, Tomás y su esposa salieron de la iglesia y se detuvieron, para la familia, en los escalones de la iglesia, además, de saludar a los aldeanos mientras se dirigían a su carreta bajo la lluvia de arroz. La familia, con sus perros, regresaron a sus ranchos para celebrar la boda.

Cuando la familia se sentó a la mesa para comer, Raphael se quedó de pie, con una copa de vino en su mano y les dijo:

—Únete a mi brindis, por Tomás y Elena, con una copa de vino. Yo deseo que Tomás y Elena tengan una vida llena de alegría y prosperidad.

—¡Salud! —respondió el grupo.

Raphael continuó:

—Nuestras familias están unidas para siempre y, con las bendiciones de Dios, continuaremos fortaleciendo este vínculo con amor, respeto y éxito en nuestro negocio. Y no podemos olvidar y reconocer las bendiciones de tener a Sacha, Sam, Tom, Tina, Rosa y Mati, nuestros socios, que trabajan duro y son miembros de la familia. Ellos son muy importantes para nuestro éxito.

Oyendo sus nombres, los perros se sentaron alrededor de la mesa. Parecía como si ellos entendían la celebración, y cada uno recibió un trozo de carne. Y así fue como la familia vivió sus sueños y aumentó sus negocios constantemente. Lo mejor de todo es que Elena dio luz a un bebé sano, al que llamaron Raphael.

Fin.

Sobre el Autor

Robert Enoch nació y creció en el estado de Oklahoma, en el suroeste de los Estados Unidos. Oklahoma es un estado lleno de la cultura del viejo oeste. Robert siempre ha disfrutado de los libros y las películas sobre el viejo oeste y, como un estudiante de español, quería escribir un libro en ese idioma, con un tema occidental para los niños, adolescentes y familias jóvenes.